O caso da união

Guilherme Pimenta

O caso da união

EDITORAS ASSOCIADAS

Este livro foi realizado com recursos da Lei Aldir Blanc e apoio da SECULT-MG

CONSELHO EDITORIAL: Alencar Perdigão
EDITORA RESPONSÁVEL: Luciana Tanure
ASSISTÊNCIA EDITORIAL: Sofia Rossi
COMERCIAL: Cláudia Masini
TECNOLOGIA DA INFORMAÇÃO: Alessandro Guerra
ESTAGIÁRIA: Jasmim Paixão
REVISÃO: Valter Braga
PROJETO GRÁFICO E DIAGRAMAÇÃO: Conrado Esteves
IMAGEM DE CAPA: ©Can Stock Photo / deandrobot

Dados Internacionais de Catalogação na Publicação (CIP)
(Câmara Brasileira do Livro, SP, Brasil)

Pimenta, Guilherme
O caso da união / Guilherme Pimenta. -- 1. ed. -- Belo Horizonte, MG : Quixote Do, 2021.

ISBN 978-65-86942-21-7

1. Poesia brasileira I. Título.

21-65504 CDD-B869.1

Índices para catálogo sistemático:
1. Poesia : Literatura brasileira B869.1
Aline Graziele Benitez - Bibliotecária - CRB-1/3129

QUIXOTE+DO EDITORAS ASSOCIADAS
WWW.QUIXOTE-DO.COM.BR
Rua Alagoas, 1.270 | sala 304 | Savassi
30.130-168 | Belo Horizonte | MG
(31) 3141-1256

De médico, poeta e louco,
todos nós temos um pouco.

Sabedoria Popular

Para todas as flores do mundo, muitas vezes a melhor amiga dos poetas.

Agradecimentos

Embora essa lista seja um pouco longa, ela se perfaz necessária.

Em primeiro lugar, ao Rei do Universo, Deus de todas as criaturas, sem Ele jamais teria posto os pés neste pálido ponto azul.

Aos meus pais, Paulo e Tatiana, por toda a sabedoria prática e teórica e por todo o amor, carinho e compreensão dados ao longo dos anos.

Aos tios e tias, pelo histórico de longa convivência, risadas e causos que contribuíram para estar aqui, em especial a Tia Mayra, Tia Aline e Tia Luciene, que levam o futuro aos jovens deste país.

Aos meus primos Taize, Luísa, Ludmilla, Artur, Ana Teresa e Lucas (*in memoriam*), dentre outros, pelas brincadeiras de infância e pelos conselhos dados.

Pelos meus avós, alguns deles falecidos, Brica, Neide, Janete e Juarez, por terem feito minhas fantasias de infância, almoços de domingo, carteados e conselhos políticos.

Para meus colegas de ensino médio, em especial Alice, que sempre apoiou o desenvolvimento deste projeto e sempre fez meus dias felizes.

Para o pessoal de Viçosa, onde construí as histórias de minha vida exilática – em especial, Elaine, a poetisa Thamires, Thiago Rosado, Raquel, Guilherme Bouzada e Iasmin –, onde fizemos conluios religiosos e físicos junto com muito cálculo envolvido e almoços no R.U.

Para os professores, meus ídolos intelectuais e formais, em especial Egildeth, Aline, Jaqueline, Lílian, Marília, Panda, Wagner, Túlio e Carol Dantas,

Para Dona Vanilda, que me fez descobrir o valor da leitura.

Para Carlos Eduardo, antro de sabedoria e de oratória que, em sessões de final de aula, me fez descobrir o projeto poético.

Para meus colegas de faculdade, como Giselle, Pedro, Daniela, Thayná, Maurílio, Patrick, Lorena, Ana Lívia, Itanaiara, Emmily, e Victória, que fazem meus dias menos opressivos e contam histórias bem engraçadas e divertidas, além de darem abraços apertados.

Para meus colegas de Juizado Especial, como a Flávia (minha 1ª chefa), Pablo (meu chefe atual), Chris, Tilú, Juliana, Selma, Lidiane, Igor, Carine, Bruna, Laila, Dr. Frederico, Daniela, as Nathálias, Guilherme Guimarães, Brenda, Patrícia e Emyle Joyce, que também sabe escrever seus próprios livros.

Para o *staff* da editora Quixote-Do pelos serviços prestados ao longo dos anos e principalmente por ter apostado no projeto deste livro.

Para o leitor, que terá um coração amolecido através da leitura destas palavras escritas com sinceridade e profundeza de coração.

Prefácio

A ideia deste livro partiu de um evento que se tornaria um dos mais desastrosos nos meus 22 anos de vida. Um professor numa faculdade de Direito de Sete Lagoas-MG era bastante conhecido por explicar a sua matéria (no caso, Introdução à Ciência do Direito) e também por tentar promover atividades de extensão num lugar onde isso até então rareava. Uma delas envolveu a consecução de uma sociedade de debates, na qual uma colega da minha sala chegou à final junto com outros dois veteranos, mas foram derrotados por um grupo de formandos.

Entretanto, um aspecto em especial chamou a atenção dele. Ele sempre declamava poemas no final de cada uma das suas duas aulas semanais, de autores consagrados como Carlos Drummond de Andrade e Vinícius de Moraes. Haja vista que uma cabocla havia me chamado a atenção de modo afetivo, então resolvi escrever para ela um poema de minha autoria, junto com uma rosa vermelha, para serem entregues no dia dos namorados de 2015.

Entretanto, meu planejamento original desse evento saiu totalmente pela culatra, graças à ineficácia do grupo de amigas, e o resultado acabou sendo desastroso para ambas as partes (mais para a faceta feminina da questão, que teve de ficar reclusa em sua casa por alguns dias). Mesmo com a Chernobyl sete-lagoana tendo sido feita, a semente deste livro poético foi geminada.

Então foram pouco mais de dois anos compondo diversos poemas, de assuntos vários. Foi meu objetivo seguir as regras básicas da ciência poética, adaptando-a na medida do possível às regras da sociedade líquida da pós-modernidade. Esta coletânea de 84 poemas escritos com todo carinho e paixão foi o resultado final de tudo que ocorreu. O amor, nas suas formas familiar e romântica, foi o tema predominante, mesmo com a inexperiência de até aquela data só ter visto romances "pelo lado de fora", foi feito o possível para se ajustar o gosto poético ao gosto romântico. Tratados homenageando posições geográficas também se perfazem presentes, sejam lugares que já visitei, sejam os que ainda conhecerei. Existem também escritos de Astronomia e de outros temas que deixarei que vocês mesmos descubram.

Foram muitas horas dedicadas a este projeto, e espero receber críticas construtivas sobre este trabalho, já que o orgulhoso é o primeiro a cair no buraco por ele próprio cavado, como já diziam a Bíblia e a sabedoria popular.

Peço aos leitores que este livro os inspire nas suas histórias românticas (sejam elas já consolidadas ou não) e também os ajude em seus momentos de tristeza e auxilie a complementar os causos de alegria, além de conhecerem lugares novos.

Boa leitura!

Sumário

O Caso da União

O vento que brame no ar
É aquele que balança sua cabeleira
Viaja até a amada em seu lar
Perante o pé de laranjeira

O brilho que vem das estrelas
Reflete o quão imponente tu és
Relembra o crescimento das poeiras
Em um completo amor que se nasce

O espelho que reflete a imagem
Na verdade és tu que tens a beleza
Com ti farei a grande viagem
Até os confins da terra da ligeireza

O fator que envolve a emoção
É incontrolável e perene
Até encontrar a doce paixão
Nos braços da pessoa que se ama

Ó querida, procure ser uma pessoa honrada
Que sempre dá dádivas ao próximo
Para que quando chegarmos à baixada
Possamos selar a união com afinco

O futuro que nos reserva é lindo
Assim como a construção das famílias
Que um beijo tenro e profundo sele
A nossa eterna união idílica

Versos Românticos

À verde sina do campo
Que faz o coração ficar em paz
Assim reflito sobre ti
E no quanto teu coração é tenaz

Refletindo melhor sobre a vida
Cheguei à conclusão de que tu és faceira
A natureza diz o quanto és linda
E nossos laços assim se comprazem

O projeto de nosso futuro
É elaborar a caminhada conjunta
No traço de nossa paixão
Suporta tudo e sempre rejunta

Na história de minha existência
Tu és o brilho cálido que resplandece
Tenho certeza que com tua convivência
Serás o brilho de uma união que enaltece

A rosa que os pássaros lhe trazem
É sempre colhida do campo de massapé
Chegada especialmente para ti
Que ficas enamorada da cabeça ao pé

Quando o amor nasce num casal
Parece que o mundo para de girar
Que é anunciado pela comunidade geral
Quando este só dá frutos bons

Quando chega o som da viola
Você sempre está presente
Até parece que tu és o som
De um arranjo que se faz onipotente

Assim, toda vez que tu apareces
É uma orquestra que toca para nós
Que nossa união seja e espere
Que dure por toda a eternidade

Viagem de Amor

Quando a viagem chega a seu destino
Em ti vejo e em ti me inspiro
Na chegada tu me vês
E assim com alívio intenso respiro

O sabor do teu beijo é ardente
Mais do que o doce sabor da pimenta
Sentir o calor do pensamento
Como o sabor empírico da pura menta

Teus carinhos são como o afago
Da pena do mais puro pavão
Que promove o grande alívio
Das penas e durezas do coração

A geração atual irá nos ver
Como dois pombos que voam
Nada mais gostoso do que dizer:
"Como eles se amam"

O nosso amor se ouve
No lindo canto do sabiá
Que sempre no caso houve
Numa bela orquestra musical

Diz o ditado que o amor é cego
Mas no nosso caso, querida
Há mais luz do que o Sol
Numa grande região de jazida

O ouro a inveja
O diamante também
Sua bondade benfazeja
O dinheiro não compra

A história pode até ser fugidia
Mas de ti, querida
Sempre me lembrarei
Por toda a eternidade

Diário do Amor

Quando o Sol da manhã surge
O início de um novo dia se marca
E eu sei que contigo algo ressurge
E esse algo é o amor que vive

Então para ti escrevo declarações
E belos sonetos inspirados
Para que assim nossos corações
Possam permanecer sempre unidos

Quando a tarde chega
No grosso bramir do carinho
A flor que com amor é pega
Chega para alegrar nosso dia

Então o dia chega a termo
E então chega o momento de refletir
Como temos andado
E como melhor amor conseguir

Durante a noite
Chega o momento da despedida
Que é um momento sempre triste
Mas que logo dará lugar à alegria

Na hora do sono
Dormir sempre irei
Mas contigo encontrarei
Nos sonhos tenros

Trilhas do Amor

Desde minha cálida juventude
Sonhava sempre contigo
Através da sua grande solicitude
Ouvi-te a dizer palavras de amor

Assim foi o modo como
Nossos destinos se cruzaram
E como o lírio do campo
Nossos corações arrebataram

O destino é uma coisa tenaz
Ao permitir nosso conhecer
Quando de alegria soube
De o nosso namoro saber

Assim ouço o vento quando
A sussurrar sua voz doce
A dizer que estamos nos amando
Até os confins da eternidade

Nossos passos nos conduzem
Até os confins da Argentina
Que as estrelas do céu reluzem
No grande lumiar do universo

Veja o quanto temos de combater
A fim de que a inveja não nos separe
E para que assim possamos abater
Todas as nossas adversidades

E assim caminhamos juntos
Com carícias e muitos abraços
Para que nossos descendentes saibam
O quanto nosso amor é verdadeiro

Declaração de Amor

Quando do dia do primeiro encontro
Meu coração palpitou a disparar
Pois logo tornei, a saber
Que o amor verdadeiro estava a encontrar

Foram dias e noites sonhando
Com seu sorriso largo e meigo
E pelas estradas da vida andando
Estive sempre pensando em ti

Então foi dado o grande dia
Da sublime declaração de amor
No qual falo tudo o que o coração
Sente quando vejo tudo que é sabor

Nessa declaração procurarei, querida
Exprimir tudo que por ti sinto
Os sentimentos da paixão perdida
E que tu encontraste na trajetória

Neste dia tão sublime
Em que nossas histórias se juntam
A conjugação das caminhadas
Que no caminho emparelham

Após ouvir esta trova
Possas declarar a correta união
Ao amor verdadeiro
Da bela e sublime conjugação

Versos da Natureza

Quando o Sol veio em seu raiar
Senti que logo chegaria em tua presença
Que também nós iremos clarear
As ricas intenções do romantismo

Ao ver cada raio da estrela
Em ti vejo a Rainha
E no nosso reinado
A sua presença me esquadrinha

Quando vejo a Lua
Tão imponente e importante
Vejo as marés trazerem
Tua presença reluzente

Quando vejo o carvalho
Que cuja fruta saboreamos
Vejo a história do orvalho
Banhando nossos corações

Quando vejo o cavalo
Cuja montaria ousamos ter
Vejo a grande laçada
Que deste em meu ser

Quando vejo novas luzes
Tão cintilantes e sinceras
Vejo que tu me conduzes
Nos grandes caminhos da vida

Quando vejo a ti
Todo meu ser arrepia
Vejo em ti todo sentido
Da minha existência

Clima de Amor

Num dia cálido de verão
Quando estava para chorar
Tu aparecestes como clarão
E desde então minha vida floriu

Naquele dia mágico soube
Que o amor da minha vida
Havia sido encontrado
E que não havias sido pedida

Desde aquele dia
Meu coração alegrou-se
E que tu, querida, podia
Ser o sentido do consciente

Então, quando me declarei
E soube que sentias também amor
Sentimos tamanha alegria
Que nada no mundo poderia ser dissabor

Quando nossos pais se encontraram
Confirmou-se ainda mais
Nossa magnânima sina
E que nossas vidas se acharam

Quando saímos juntos
Pela primeira vez
Oh! Quanta alegria conjuntamos
No fino raiar da felicidade

Nossos beijos são
Como se fossem o primeiro
Que nos situamos no céu
E no mais belo brejeiro

Assim vivemos mais um dia
Extremamente especial
E quando nos casarmos
Vai ser o dia da vida jovial

Comparação de Amor

Quando da construção da vida
Percebi com o coração ardendo
Que quando tu a mim dirigias
E que nosso amor junto estava batendo

Assim como o orvalho do campo
Assim como a flor da roseira
Assim como o raio tênue do sol
Assim tu me encantaste com sua cara faceira

Quando o viajante chegar a destinos
Quando o livro for belamente concluído
Quando a chuva molhar os palatinos
Será a época perfeita do grande amor

Assim como uma orquestra sinfônica
Assim como o canto do bem-te-vi
Assim como a moda de viola caipira
Assim ouço tua bela voz quando lhe vi

Assim como o vento que retine
Assim como o rio que corre
Assim como a terra se sustenta
Assim teu coração ao meu socorre

Assim como a natureza tão bela
Assim como a paisagem natural
Assim como o olhar pastoral
Assim vejo tua linda indumentária

Quando vejo nosso retrato
Está lá a indelével prova
De que quando dois corações amantes
Nunca do sistema sofrerá reprova

Assim como o hino madrigal
Que aos animais do campo encantam
Assim será a orquestra musical
De nossa eterna união

Confissão de Amor

Quando o tempo balança
No sublime andar da carruagem
Sabemos que nem a ferrugem
Pode danificar nosso grande momento

Quando nosso momento chega
Nem o bandido e nem o assaltante
Nem o destino e nem a celeuma
Impedem nosso fator refrescante

Vendo teu olhar na chegada
Se cruzando em direção ao meu
Dá uma sensação de felicidade
Que não será quebrantada na saída

Quando teus tenros lábios
Se aproximam dos meus
É o momento de maior alegria
Quando meus lábios estão nos teus

No lindo calor do abraço
Sinto em ti a amizade
Que só o verdadeiro amor
Pode fazer em comunidade

No lindo calor do perfume
Que tu no ar exalas
As flores vão a cardume
Sentir inveja de sua beleza

E teus magnânimos conselhos
Me ponho interesse a ouvir
Nossas vidas se põem a melhorar
No glorioso dever do nosso devir

Voltas Mentais

O transtorno mental
Que voltas pode dar?
É bastante e muito vital
Saber dar volta por cima

Na hora da boa vida
Todos ao seu lado estão
Ninguém pensa na derrubada
E todos na felicidade ligam

A inveja e os maus amigos
Fazem a alma latejar
Até cair em vis furtivos
E a depressão a começar

Então todos a ti escapam
E então Deus de ti lembra
De que homens não salvam
Mas só Ele faz a função

A história não é a França
E também não só a Latina
A cabeça irá ser uma força
Ou um livro de leite melado?

Uma Ode à Mãe

Mãe, muito além da palavra
É a própria vida do filho
Que sempre a ti dá a vida
E de lá dá o correto trilho

É ela a pessoa leal
Que em nove meses cria
E que em anos projeta
Tudo que a vida objeta

Mesmo se estamos desencontrados
Ela sempre lá está, ajudando
Ao caminho correto reencontrarmos
E a evitar os erros de sempre

Mãe, figura nunca esquecida
A quem os filhos devem se espelhar
E nunca na velhice esquecer
E ser a vida de nossa vida

Amizade Intransitiva

No dia do teu conhecer
Tu não passavas de reles véu
Mas ao compenetrar tua mente
Vi alguém com formato de céu

Entre idas e vindas escolares
Percebi que até professores viam
E com o tempo pude perceber
Tuas histórias a mim condiziam

Foi assim que te conheci
E logo aos outros diferenciava
Com o tempo tua meiguice
A minha mente logo pescava

Mesmo tendo ido embora a longe
Numa triste e ignóbil despedida
Mesmo na mais longa distância
De mim sempre tem lembrança sólida

E assim com todo amor de batida
A ti concluo esta homenagem
Durante a trajetória teremos
Ligações sendo além da passagem

Greve Opositiva

Quando participei daquela greve
Foi uma história de aterrorizar
Lutas, lutas e lutas desnecessárias
Entre patrões e empregados a chorar

Ficar parado é tempo de pensar
De filosofar como ser melhor
De como construir o movimento
Para não sermos da vida bolor

"Quem é de oceira é de rueira"
Diz o famoso e correto ditado
Evitem ao máximo a preguiça
Para não ser curatelado interdito

Assistir às negociações foi a mim
Pior que a vil tortura e a morte
Pois ver manifestações sem nexo
Indicam à equipe falta de norte

Com o fim da infame greve
Voltei a ser ativo e feliz
Recebendo para tal deve dar
E sermos força motriz

O Inverno

Época de frio
Noite gostosa
Nada de brio
Festa cheia

Abraços apertados
Beijos ardentes
Seres deitados
Histórias infindas

Lições caldantes
Motes canjicantes
Arrasta-pés dançantes
Botinas sanfonantes

Exposição universitária
Construção de amigos
Localidades geográficas
Melhor parte do ano

O Tempo do Desprezo

No tique-taque do relógio
Vejo luz a apagar
O seu coração afasta
A me fazer afogar

Meu dia é noturno
Ela é a culpada
Sentimento soturno
É tudo que convém

Na sombra lunar
Vejo umbrais sombrios
O fim do túnel solar
Espero um dia alcançar

O mundo dá voltas
Sempre em bela rotação
Com o correr da ação
A ti darei bela reação

O Liquidificador

Coisas que são batidas
Mangas espremidas
Laranjas embagueadas
Mexericas emprumadas

Liquidificador circular
Válvula a girar
Cortador a triturar
Coisas a minorar

Família satisfeita
Larva goiabeira morta
Frutas a gosto corta

Hidratação obtida
Sesta refletida
Noite chegada

A Nobreza dos Garis

O trabalho sempre corre
Lixos sendo residuados
Caminhão que roda
Garis bem trabalhados

O que é inútil presta
Até os vermes têm partes
Não se deve atentar
A quem ódio tem

Aterro sanitário forrado
Destino detritual selado
Brás Cubas enterrado
O orgulhoso a sete palmos

Assim concluindo declaro
Que muitas e diversas vezes
Coletores têm mais coração
Que quem ao dinheiro serve

Umbre Mitológico

Na viagem literária
O tempo passava
O mundo descobria
Seus grandes mitos

Da Palestina à Ásia
Da América à Austrália
Da África à Groenlândia
Sabedoria do passado

Ísis é a coragem prenhe
Atena é afã de sabedoria
Saturno comanda tempos
Iemanjá é dona da maresia

Dionísio é incompreendido
Com Osíris é aliado público
Com Baal comanda colheitas
Consideram Arimã impudico

Tupã comanda o céu
Amon-Rá é líder do Sol
Mercúrio é o escarcéu
Iara namora a Lua

Mas há um ser que comanda
Criador, compassivo e amável
Iahweh é o seu verdadeiro nome
A todos atrai com modo afável

A Volta que o Mundo dá

Quando do tempo florido
Fui o rei de cocadas
Era um homem metido
A sempre aproveitar vidas

Entretanto, tudo que tinha perdi
Quando a mulher errada procurei
Para muitas pessoas odiado
Para até me matar pensei

Foi uma fase de afundamento
Em que matava-me por dentro
Nada era de divertimento
Nem ao gosto do freguês era

Entretanto, uma mulher foi luz
Uma luz tal qual lâmpada solar
Ela removeu todo espiritual pus
E aos amigos me fez voltar

Ela me deu conselhos valiosos
Me deu o Ouro de seu coração
O Diamante do seu tenro olhar
E ajudou refazer autocontenção

Hoje sou o Rei do órgão
Meu rival é meu funcionário
A mulher é a faxineira
Meu viver e o corolário
De pessoas que amo
E meu próprio guia

Circuito de Rodas

Quando fui ao parque municipal
Fiquei muito entretido e pensativo
A montanha russa ou roda gigante?
Dúvida cruel e gancho ativo

Matutei horas e horas com pipoca
E olhando os 50 reais do meu bolso
Até ao ponto de perguntar à Cidoca
Minha cabeça divagada chegou

Cheguei à conclusão de montanha
Decidi explorar a emoção da subida
A ansiedade do coração trepidante
E a excitação do grito na descida

Foram voltas de cunho intenso
De muita adrenalina hormonal
Assim, removi o vil marasmo
Da minha divagação emocional

Então decidi ir andando de roda
Olhar a cidade e pensar na Lua
Não em pensar em mulher da moda
Mas, sim, de quem possa diferenciar

Olhando serras e montes lentamente
As lindas estrelas do céu noturno
De Sirius até a vermelha Betelgeuse
Faziam parte do divertimento soturno

Já em minha casa lúgubre
Aproveitei o belo dormir
Com aqueles momentos
De novo a poder viver

Paraíso dos Doces

No vale de Vila Velha
Um paraíso ouvi falar
Era uma doceria
De boca cheia aguar

Chocolates amargos a olhar
Chocolates brancos a comer
Biscoitos recheados degustar
Cones de doce de leite a lamber

Aqui se tornam os sabores
Dos casais apaixonados
Aqui se formam amizades
De gostos enternurados

Aqui todos os funcionários
São receptivos a todos
São como pais e filhos
Com galinha e seus ovos

O que seria da vida
Sem o gosto dos doces?
O paraíso das guloseimas
É o afinar dos beijos
Das mais lindas flores

Vento Minuano

Desde os pampas gaúchos
Até o vale Cruzeiro do Sul
Sinto minuano a soprar
Trazendo frio a tremer
O chimarrão a beber
E o açaí a apreciar

Minuano do meu coração
Trazes o pio do sabiá
O canto do bem-te-vi
O sertanejo da canção
E leva contigo sempre
As indeleviedades do vidão

Minuano, velho amigo
Traz contigo o gelar
Do coração da ingrata
Leva contigo o sonhar
Da mulher que encanta
O meu tenríssimo viver

Minuano alegre, também traz
Os amigos da convivência
O carinho de papai e mamãe
A sabedoria dos anciãos
A saudade da resiliência
E o futuro da providência

O Morro da Saudade

Quando subo a serra do Pilar
Caminho triste a pensar
Choro alhures a divagar
A tragédia aqui ocorrida

Aqui era um local de festa
Hoje é a mais triste tragédia
Hoje a cachoeira chora
A lembrança feliz fugidia

Desde que te vi cair
Nos buracos da morte
Nunca mais me vi sorrir
Nunca mais tive norte

Desde que brincadeiras
Foram ficando no passado
Meu coração pasmou
Ficou qual misto torrado

Meu grande amigo
Tantos anos juntos
Ficaram findados
Na terrível solidão

Morro da Saudade
Apesar de tudo
De ti tenho vaidade
De ser obra da natureza

O Vale Poluído

Minha infância querida
O rio São Francisco
Que no passado foi
O querido Velho Chico

Quantas vezes em Pirapora
Naquele belo rio nadei
Meu cavalo, passei espora
Pés de pequi plantei

Mas o tempo funesto chegou
As empresas não cuidaram
Do precioso patrimônio
Que geração passada delegou

Hoje o rio traz de malefícios
Vermes, doença e morte
Não traz mais benefícios
A quem dele dependia

Entretanto o futuro advirá
E o rio e afluentes consertará
Trazendo aos cidadãos festa
Às novas gerações, diversão
Aos anciãos, a boa sesta
E aos que virão, a continuidade

Anjo Doce

Quando vi o triste improceder
Daquela ingrata agressiva
Meu coração ficou a padecer
Durante horas e horas a fio

Fiquei na cama a chorar
E na vida a desacreditar
Passei na morte a sonhar
E do túmulo a gostar

Até que num dia de sábado
Um amigo veio a me visitar
Sugeriu que fosse ao mundo
Aos novos lugares conhecer

Então segui o conselho
Daquele ser de candura
Encontrei uma menina
Logo me senti a ela parelho

Seus olhos verdes a divagar
Sob meu olhar de castanhola
Senti mais vibração nela
Que na legítima tourada espanhola

Seus lábios cor de mel
Logo queriam conversa
Tratei de eliminar logo
Meu coração sabor fel

Após longa conversa doce
A mim ela se achegou
Num lindo beijo de amor
A mim ela se chegou

Amor de Veraneio

No inverno do ano passado
Tive a felicidade a ganhar
O prazer de te conhecer
A alegria do teu sorrir
O teu imponente proceder
Veio a minha tristeza sumir

Seu nome é o último detalhe
Que aqui darei a revelação
Ela é uma meiga moreninha
Do meu tempo de início de ação
É uma moça tão bonitinha
Que a mim arrebatou meu coração

Durante o período da primavera
O meu sonho se foi a aumentar
Através da quitandinha da Vera
Observava tuas belas cartinhas
Que se pudesse viajar deveras
Até os limites da paixão mundial

Quando saía dos estudos finais
Lá estava ela comigo a ajudar
Sempre lia integrais e leis
Da mais pura e tenra razão
Da mais bela e fina emoção
Do belíssimo verão a construir

Quando chegou o verão a sorrir
Até a praia de Torres fui viajar
Nunca havia visto tamanha beleza
Parecia corpo de artista esculpido
No mais belo crepúsculo lido
Ganhei o beijo da linda princesa

A Lua é teu Coração

Numa noite fria e pluviosa
Lá estava eu a divagar
Sobre a face chuvosa
Da minha vida adquirida
Sobre a face depressiva
Da minha vida corrida

Então pensei comigo mesmo:
Por que sou o pior dos homens?
Por que devia estar no frio a esmo?
Por que os homens me veem como
Um animal irracional não pensante
Tal qual bactéria de botulismo?

Então decidi por mim mesmo
Procurar outros rumos a viver
Dos altos cumes do Carburaí
Até aos baixos arroios de Chuí
Resolvi passar a perquirir
Numa viagem de rimas a querer

Então numa escala que larguei
Ao belíssimo monte de Caeté
Observar as crateras lunares
Até mesmo as que não enxerguei
Estavam lá no telescópio
Numa delas estava meu bem-querer

A belíssima e indelével astrônoma
Era a moça a quem mostrava
Fizemos logo poemas metrônomos
Para a moça que era Lua Cheia
Logo nos enternuramos alhures
Numa bela história amazônica

Andar da Carruagem

No momento da triste despedida
Toda a nossa vida se vê passar
Na hora da nossa findável partida
Todos nossos inimigos a perdoar
Lembrar da nossa longa trajetória
Desde quando se deu por iniciada

Lembramos inicialmente da infância
Oh época tenra da nossa inocência
Aquelas brincadeiras de família
Aquelas travessuras idílicas
As belas surras dos nossos pais
Os belos garranchos das secas

Quando da época da nossa puberdade
Oh hormônios a esquentar imberbes
Quando novas famílias a ver bebes
Quando nossa barba e corpo espicham
Quando vemos dois corpos abraçarem
Num longo beijo da santa juventude

Na nossa vida de adultos formados
A vida impõe sua face mais cruel
O casamento é uma alegria dada
E os filhos são a gerar, são dados
E os anos vão a passar como fel
E a idade da velhice é chegada

Na nossa última época da vida
Vemos nosso corpo enfraquecer
Mas vemos a sabedoria aumentar
Tal qual o peso de 500 livros
Vemos os netos menores a chegar
E continuar com a carruagem andar

Floresta do Pequi

No vale de Chapada Gaúcha
Nos rincões de Minas Gerais
No parque do Grande Veredas
Acabei gritando dois belos ais

Era eu um iniciante turista
Da região de Guarapuava
Nem o mais sagaz taxista
Se daria como dei em água

Desconhecia certamente
Que a autora dessas dores
Era a fruta mais crocante
E duradoura do cerrado

Seu nome era o pequi
Macio pelo lado de fora
Mas duríssimo por dentro
Que nem o porto Pirapora

Então decidi provar a fera
Tal qual lobo-guará no cio
Resolvi da fruta reprovar
E apreciá-la sem um pio

Desde então divulguei
As maravilhas do sertão
A todos irmãos de sangue
Dos ricos rincões do Paraná

Ventilador da Praia

Quando fui à feira inventoril
Da bela faculdade de Salvador
Um projeto bastante juvenil
Se revelou meu grande redentor

Era um tal de ventilador
Mas não era um qualquer
Era um com tamanho poder
Que era o próprio vento
Quem o dava a girar
E o sol a proceder

Decidi adquirir essa invenção
Pela quantia de 4.000 reais
Nunca vi meu atento coração
Tão alegre em tempos umbrais

Então mostrei a criação do homem
Nas praias públicas da cidade
As pessoas se impressionaram
Eu disse que mesmo a pouca idade
Pode dar à genialidade da espécie
O mais lindo e tenro *ad hominem*

Formosa Daniela

Tal qual orquídea folheada
Tal qual pintura aquarela
A vida é mais prenhe contigo
Seu nome de batismo: Daniela

Um anjo que apareceu
No meio do inferno
Essa é a definição
Da luz saída do breu
Da Lua no noturno
Do problema, solução

Você define o amor
Como poucos definem
Você define a amizade
De modo que a amem
Com correta celeridade

A aliança na hora feliz
Também se deu nas horas
Em que não eram risonhas
Jamais farei contigo
Coisas práticas bisonhas

Você comigo se apraz
De ti também me aprazo
A referência mútua vitaliza
A construção mútua futuriza

A veterana que ama calouros
Este é seu apelido de guerra
A moça que sonha ser ruiva
Esse seu mote central

Tal qual sócios do Cruzeiro
Ao Mineirão temos sonhos
Em festejar grandes gols
Do único grande de Minas

Que dirá o inacessível futuro?
Uma coisa vejo qual vela
Que não poderei viver
Sem a presença da Daniela

Olhares Altivos

Quando estava no mundo imaginário
Pensando coisas ao ver aleatórias
Percebi seu olhar de nível planetário
E não eram apenas linhas ilusórias

Nenhuma morena tem olhos castanhos
Como aqueles que você tem em posse
Como aquele meu lindo sorriso risonho
Que dá em linha em gelo e passe

Tal qual o belo sol do meio-dia
Sua íris vem a mim acariciar
Parece deuses gregos em via
Ao Olimpo sempre tomar

Nenhum olhar tem mais brilho
Nenhum olhar tem mais matiz
Sim, é o cantar em estribilho
Duma bela enfeitada matriz

A janela do mundo é o olhar
Quem vê olho também vê
O mais profundo dos corações
Do mundo derivativo brilhar
E assim converter no verbo ser
Os mais belos dias de adorações

Já sinto meu olhar resplandecer
Tal qual a matiz do seu Sol
Se é pelos olhos que o amor inicia
Nossas vidas então juntas, são

Mudança Gradativa

No dia da gloriosa soledade
Você disse que me desprezava
Mas já dava para ver saudade
Quando seu olhar atiçava

Você disse coisas horríveis
Coisas assaz impropréricas
Palavras ardilosas e mui vis
Mais até que histórias homéricas

Entretanto, faltou aquela coragem
Faltou inclusive aquela malícia
Quando percebeste a miragem
Já era hora coletadora milícia

Eu bem sei que você chorou
Chorou até a Lagoa Paulino
Ficou a ouvir música boêmia
Da dupla que tocava violino

Entretanto, ouvi um concílio
Um concílio alhures cristão
Pecado deve ir ao exílio
Pecadores verão bom coração

Assim foi criado mútua vida
Somos um casal orgulhoso
De ter a verdadeira sentida
Do romance mais brilhoso

Transmissão Televisiva

Naquele dia dezesseis de outubro
No grande horário décimo sexto
Ocorria o tal confronto obscuro
Entre o líder e o lanterna do contexto

Falavam os torcedores do líder
Que o jogo era favas contadas
Só não contavam com o poder
Do estádio iluminado de poetas

Aquela torcida entoava cantos
Que pareciam guerras nórdicas
A energia cinética dos movimentos
Nem o Planck pode dar métricas

Quando o time de craques poderosos
Sentiu a pressão daquela defensiva
Não aguentou o líder os missivos
E tomou o gol na contraofensiva

Assim se passaram quinze, vinte
E até mesmo sessenta minutos
O resultado daquele fraco escrete
Até ao narrador famoso vomitou

Enquanto assistia ao imbróglio
Da minha sala de escritório
Escrevia poemas variados
De alcance puramente viajado

O Mundo Inverso

Durante uma aula de Processo Civil
Não aguentei o tédio da missiva
Fiz aquela viagem bem varonil
Ao mundo onde tudo furtiva
De modo inverso e contrário
Ao que vemos por estas bandas
Podem dar o nome desejável ao comentário
O Mundinho de Alice é aquela varanda

Lá o gato de Schrodinger ou vive ou morre
Lá a Antártica é o continente mais quente
Lá o mundo é dominado pelas formigas
Lá o sistema solar tem três estrelas vermelhas
Lá são as garotas que levam *friendzone*
E também aos homens dão chocolate
Os homens dão às casas o norte
Das devidas negociações domésticas

Naquele local o comunismo deu certo
Mises e Burke são atores estatistas
Enquanto o capitalismo é um mato
Que Marx sempre foi romancista
Ninguém sabe o que é futebol
Todos praticam e jogam *goalball*
Ninguém vê novelas e séries
E todos veem na TV Câmara
Coisas muito verossímeis

Quando voltei da viagem
Descobri civilização fictícia
A lâmpada me deu a massagem
De misturar Direito e ficção fantástica
E assim ganho criatividade
Para dar à vida boas notícias

O Sino da Catedral

Quando campeava tenro trabalho
Na rica cidade de Três Marias
Ouvia o lindo retinir do estribilho
Do sino da catedral bem ouvias

Quantas missas dominicais oficiei
Quantos casamentos presenciei
Não tinha nenhuma quermesse igual
A hora era dada pelo sino da catedral

Até o dono do preciso relógio nuclear
Ao sino da catedral rendia palmas
Confortava os tristes a muito chorar
E dava alegres notícias de nascer
Para os patrões e também às amas

Hoje vejo com imensíssimo pesar
O último suspiro do sino da catedral
As escavadeiras irão a quebrar
Toda a sua igreja até o umbral

Esse objeto sempre morará
No meu belo carinhoso coração
Sua memória sempre viverá
Na vida de seu povo campeão

Cabelos Ruivos

No dia da apresentação volitiva
Via sempre as mesmas pessoas
Mas dentre todas uma assaz altiva
Me chamou, a bem alto assoviar

Seu nome não interessa saber
Mas tem o cabelo ruivo brilhoso
Tem a cor vermelha do puro coração
O vermelho da lascívia percebida
O sangue da misericórdia recebida
Seus cabelos me deram a tenra lição
De que quanto mais o ramo é viçoso
Mais arrebentado o coração a receber

Sua linda cabeleira me lembra
As mais lindas estrelas do céu
Fazem uma linda amável sombra
A ti o coração faz escarcéu

Não importa o tamanho do cabelo
Tem a mesma cor dos lábios a sorrir
Gera uma imensa alegria de escabelo
E também é o doce beijo a pedir

Quando nossos filhos herdarem
Seu lindo chapéu de uso natural
Os frutos sempre estarão a pedir
A região da estrutura mineral

Carteira Vazia

Um dia fui o mais rico dos homens
Sim, fui dono de muitos milhões
Iates eram como preço de pães
E o caviar era como pão de queijo

Jogava golfe todo fim de semana
Saía com trinta mulheres à noite
O sistema era eu quem matizava
Curtia todos os luxos até de pernoite

Entretanto, certo dia de agosto
Um duro golpe acabei a sofrer
Meu único herdeiro direto
Tinha acabado de morrer

Foi num sequestro terrível
Investi toda a minha fortuna
Numa busca revelada fútil
E minha vida ficou soturna

Hoje vivo na pior das sarjetas
Mendigando o pão diário
Todos os meus amigos me rejeitam
Não tenho mais nada no inventário

Espero um dia que algum milagre
Da parte de Deus ou da natureza
Reverta igual água em vinagre
E recupere minha total presteza

Político Corrupto

Na gloriosa época de parlamentar
Tinha todos os poderes nas mãos
Governava de modo suplementar
Tinha muitos inimigos e irmãos

Após alguns anos desfrutando
Da mais alta instância de poder
Muitos deputados me elegendo
Como chefe legítimo do saber

Manobras eram meu favorito esporte
E conjuros espúrios, a minha paixão
O dinheiro era meu mais fiel suporte
E o caixa-dois a mais linda emoção

Levava naquela época uma vida
De dar inveja ao maior dos marajás
Tinha a minha coroa estendida
Do Rio Grande do Sul ao Pará

Porém, um certo juiz da justiça
Aquele que não tem rabo preso
Descobriu toda medida roliça
Mediu todo roubado preço

Os mesmos que me elegeram
Um dia me deram cassação
Protestos populares me derrubaram
E a falência veio à caução

Mas o pior ainda estava por vir
As celas frias, a prisão a visitar
O abandono de todos a porvir
E o estupro dos presos a receber

Hoje aprendi a mais tenra lição
Que mesmo a elevada pessoa
Pode sofrer voluptuosa depressão
E a ser o pior de todos os homens

Aquecimento Global

Socorro! Socorro! Socorro!
É o grito motriz da Terra
Deslizamento de morro
Matança das altas feras
Furacões arrasadores
Chuvas ácidas detonadoras
Por isso, de modo aterrador
A Terra pede socorro

Desmatamento inconsequente
Quem pode questionar?
Gás carbônico demasiado
Quem pode controlar?
Guerras de âmbito nuclear
Quem pode evitar?
Rios a morrer por tóxicos
Quem pode menear?

O homem deve, sim, progredir
Mas não fazê-lo irracionalmente
A natureza é dádiva grande
Que desprezada está mortalmente
Nossas geleiras são importantes
Para que tenhamos água futuramente
Nossos filhos devem ter premente
O futuro da humanidade a sorrir

Esta é a mensagem para o futuro
Cuidem bem do seu planeta natal
Para que seus netos não deem murro
Em outros mundos de modo fatal.

Plantação de Holambra

Na viagem que fiz ao interior
Do rico estado de São Paulo
Meu carro quebrou, de inferior
Na tenra cidade de Holambra

O que me deixou encantado
Foi a hospitalidade do povo
Fiquei imensamente agradecido
Quando em boa casa pernoitei

Depois o amigo do arraial
Me levou para conhecer
Aquele pedaço de terra rural
Teve uma coisa que me deixou
Mais feliz que pássaro no milharal
Que moça jovem que vai casar

Eram elas, as flores do campo
Tinham flores de todo tipo
Rosas, tulipas, margaridas
Jasmins, girassóis e petúnias
Todas elas bem cuidadas
Pelas suas honradas cidadãs

Gastei algumas das economias
Só para ver o sorriso das pessoas
Para aumentar de modo imenso
O amor recíproco entre nós
E um dia sermos donos
De um lindo floral de Holambra

Vitória-Régia

Quando levei meu grande amor
Para conhecer a Amazônia nacional
Vi coisas que me deram dissabor
Tais quais os mosquitos de cerol
E logo que cheguei no igarapé
Vi um objeto circular no pé
Que logo chamou atenção

O que seria esse tão valoroso
E respeitável objeto circular?
Perguntou em tom respeitoso
O grande amor a ver pescar
Esse objeto tão amoroso
É vitória-régia a passear
Mas esse objeto não é só
Uma planta simples a vingar

Sim, essa planta um dia foi índia
Uma índia bem linda daquelas bandas
Que um dia sofreu um desprezo
Que acabou no rio das águas profundas
Por isso todos nós fazemos elegia
Àquela mulher das energias ligadas
E essa foi a flor mais linda e elegida
Para te presentear nas nossas alegrias

Por isso te juro, amor de minha vida
Jamais te tratarei como lixo humano
Serei a ti leal e completamente seu
E tu sempre serás minha de coração
E assim construir a história de compleição
Que nos levará até as estrelas do céu

Cidade Viciosa

Na minha tenra juventude
Uma cidade me marcou forçosa
Me deu tamanha completude
Que seu nome tinha de ser Viçosa

Há alguns que podem pensar
Que só há lá a universidade
Mas existem coisas a olhar
Que surpreendem na diversidade

Quantas compras gostosas
Fiz no glorioso Calçadão
Aquelas lojas maravilhosas
De produtos fazer promoção

Quantas missas pude rezar
Na gloriosa Igreja Matriz
Quantas vezes estive a brincar
Com os jovens da força motriz

Ah, o belo Cristo Redentor
Onde me declarei cordialmente
À mulher do mais belo sabor
A mulher com quem viverei eternamente

Na Ladeira dos Operários
Vemos sorridentes patrões
A procurar de modos vários
A felicidade de moças e varões

Por último, não poderia esquecer
Daquela linda universidade
Onde o futuro se constrói a fazer
E se faz a glória mundial da cidade

Ode à Família

Não existe antro melhor na vida
Do que a criação da família
Antro esse que é a base cível
Da nossa construção coletiva

O pai está sempre a batalhar
Pela constituição do pão
Que se dará a alimentar
Os filhos tenros da proteção

A mãe é a flor que brotou
Nove meses a nos sustentar
Que nunca conosco revoltou
Mesmo nas brigas a acalentar

Os filhos são lindos rebentos
São a maior alegria da casa
São por meio do futuro sustento
Que os pais vão até de virada
Pela vida futura da sociedade
E pela construção da cidade

Os tios são a diversão risonha
A Vida fica alegre na curtição
Nunca fazem coisa bisonha
Aprendizado constante de montão

Os primos são companheiros
Das lindas brincadeiras infantis
Vão crescendo conosco todo janeiro
Com o tempo evitamos coisas vis

Os avós são nosso maior símbolo
Da mais bela e honrosa sabedoria
São a maior representação da pureza
Como eles a comida sempre ria

Assim sendo, podemos perceber
Que a família é nossa base última
Sempre virão os nossos problemas combater
Das nossas vidas sempre vem
Em elegia clássica primeira

Imagem Santa

Na margem trovadoresca
Do santo templo do amor
Numa paisagem burlesca
Do mais vil dissabor
Surgiu uma cara pitoresca
Do mais belo afável sabor

Era uma santa católica
Tinha a mesma pureza
Da paisagem bucólica
Tinha tamanha beleza
Que tirava a cólica
De minha ardileza

Tal qual doce de chocolate
Assim eram suas palavras
Nosso coração uno bate
Tal qual contos de fadas
Seu beijo pra mim equivale
Ao abraço de anjos alados

Seu abraço tem mais calor
Que estrela azul no céu
Dentro dele sinto o valor
Da mais pura relação humana
Dentro dele sinto o fim da dor
E o início de um dia de alegrias

Ela hoje é a namorada dos sonhos
Namorada que está ao meu lado
Que apesar dos conflitos irrisonhos
Sempre dá o perdão doce cálido
Vamos construir a vida risonhos
Até a eternidade do feriado

Nariz de Palhaço

No circo Resplendor
Uma peça eu assisti
Tinha maravilhoso odor
De sabor *tutti frutti*
Mas o que me brilhou
Foi uma coisa inesperada

O palhaço do circo
Figura tão esquecida
Veio do bloco cirúrgico
Do hospital de Aparecida
Alegrava o lado telúrico
De mentes revolvidas

Ele contou piadas de tudo
De políticos que roubam
E também honestos sobretudo
De crianças que travessam
E que dos pais são obedientes
Todas elas alhures riram

Quando o picadeiro amarelo
Se fez retinir pela caminhada
Da imitação do tal passarelo
Sendo caçado pelas cobras
E quando ele fugiu do castelo
Com um homem de barbas
A risada foi de escabelo
Devido ao inesperado evento

Palhaço de circo
Esta trova escrevo
Para que continuem
A curar a tristeza
E cultivar a alegria
Em nossos corações

Cone de Trânsito

No dia em que fui a Sete Lagoas
Uma coisa estranha me deu atenção
Na sua avenida limítrofe de missiva
Havia um cone de trânsito no travessão

Sua real existência é sinal
De que algo maior está vindo
Melhorias de sinalização
E de fluidez vem conduzindo

Os transtornos podem até
Gerar estresse desnecessário
Entretanto, são mal necessário
Para não precisarmos ir a pé

Oh famoso cone de trânsito
Quantos acidentes evitastes
Quantos veículos fizestes mito
E quantas multas passastes

Agora, que a obra finda está
Chegou a hora da retirada
Quando a próxima obra chegar
O momento da reestreia se dará
A vida se repetirá em voltas
E estará a muitas vidas salvar

Piscina da Compleição

Quando visitei o sítio de um aliado
Fizemos uma bela festa de arromba
Não demoramos a criar lado alado
Diante dos vários quitutes de mamba

O fogão de lenha estava a fazer
As mais belas receitas mineiras
A churrasqueira estava a cozer
As mais nobres carnes gaúchas

Entretanto, o grande destaque rural
Só poderia ser a piscina da compleição
Era uma estrutura de destaque nacional
Uma construção que beirava à perfeição

Era uma piscina romanticamente cilíndrica
E inclusive deitada em posição horizontal
Era uma piscina de dimensão olímpica
Todos nadavam até mesmo na vertical

Quem teve a ideia de confeccionar
Tamanha obra de arte moderna?
Quem teve a ideia de conduzir
A construção daquela linda taverna?

Foi a mente criativa da humanidade
Que quando age de modo coerente
Conduz à tenra e irrestrita felicidade
De todos aqueles que são crentes

Relógio do Beijo

Quando era chegada
A tenra hora sexta
Era a tenda finda
Do mais lindo sonho
Era uma campa prata
Era o seu sorriso branco
Era o seu beijo recebido
Com um coral de pássaros

Na hora nona era o horário
Do lanche saciador matinal
Entretanto era saudade espacial
Da sua presença em flor
Que era aquele martírio?
Era a falta da pessoa especial
Do fruto da campa glacial
Que era a mulher de sonhos

Quando foi dado o almoço
Nenhuma coisa queria comer
Era aquela saudade de doer
Que me causava desgosto
Lembrava o mês de agosto
Dos ventos sombrios da morte
Nunca estive tanto a remoer
Igual naquele momento público

Durante o final daquela tarde
Um lindo telegrama recebi
Era a mensagem da verdade
Da amada convite recebi
De revê-la após a vaidade
Ter nos separado de jusante

Durante muitos anos de idade
Foi marcado reencontro pulsante
No dia do natalício de Cristo

A ansiedade sinérgica foi tamanha
Que nos vimos duas semanas antes
O calor do seu abraço era o perfume
Seu beijo era luz do vaga-lume
Que passou a iluminar minha vida
Durante toda nossa trajetória

Microfone da Cantoria

Foi naquele sábado de novembro
Estava eu e meu companheiro
Aquecendo viola e sanfona
E o microfone da cantoria

Foi uma apresentação afamada
Parecia um formigueiro humano
Quando dissemos aquela piada
Foi apenas o primeiro passo

Quando demos a primeira música
A multidão inteira conjugou a dançar
Na segunda, as emoções ficaram maiores
E muitos casais começaram a se beijar

A gente fez até contos de futebol
Comparando os rivais mineiros
A multidão combinou de escol
Que aquele era o time da vitória

Então o microfone foi o símbolo
Das composições falséticas
Nem a mulher sensual resistiu
Àquelas manifestações céticas

Quando demos por finda a festa
A multidão estava prenhe a chorar
Pois era a gloriosa manhã de sesta
De uma belíssima segunda-feira

Sonda Interplanetária

Durante um dia distante no passado
Uma triste despedida forçosa fiz
Era uma missão escrita a giz
De uma ida ao cinturão extremo

Essa viagem não seria como as outras
Seria uma viagem sem nenhuma música
Uma aventura depressiva no meio do vácuo
De uma inexistência vazia casuística

Meu único companheiro de bordo
Era um homem já morto de anos
Estive a navegar de estibordo
Pelos planetas brilhantes a passear

Júpiter, querido do meu coração
Você parece mundo cortês
Mas é o inferno do fundo da rês
Que ninguém escaparia vivo

Saturno de toda a beleza
Seus anéis são o símbolo
Da maior honradeza
Do domínio recôndito

Não ligue para as críticas
Urano da minha compleição
Sua rotação diferenciada
Mostra que todo diferente é igual

Netuno é o abraço azul
Da continuidade tênue
Sua guarda é tensa
Mas assaz recompensadora

Para completar a viagem
A Plutão estive a chegar
Seu coração é o símbolo
Do futuro da exploração a ser

Cabelos Loiros

No meio da multidão perene
No meio da multidão lotada
A estrela de alguém brilhou
E logo meu coração inundou

Seu nome é a última coisa
Que aqui devemos saber
Mas seus cabelos loiros
É a melhor coisa que pode fazer

Nem nos sonhos noturnos
Pude imaginar que veria
Coisa tão reluzente
Quanto seu baluarte contente

Aquela é a representação
De seu segundo sorriso
Que fez meu pobre coração
Se iludir de caso pensado

Se os seus lábios de ternura
Forem tão brilhosos
Quanto sua amarela armadura
Estarei disposto a ser seu
E a você ser minha
Pelo resto dos dias de candura

O Mar dos Peixes

Numa noite de inverno
Tive um sonho maluco
Era um peixe dourado
Ser do mar mameluco

Conheci alguns amigos
E outros de nem olhar cara
Que bicho medonho o tubarão
Sua mordida doía borbotão

Depois visitei o boto rosa
Era um homem tal qual eu
Tinha uma conversa saborosa
E um séquito de mulheres também

O golfinho é um animal sociável
Tem uma bondade gigantesca
Uma personalidade amável
Que a todos nós impressiona

Depois visitei o famoso peixe piranha
Grande guerreiro do Pantanal
Já comeu vários caçadores de onças
No vale de pintados de chalanas

Depois vi tantos companheiros
Que até difícil de mensurar
Tucunarés, pacus, bacalhaus
Baleias e outras a brilhar

Ao acordar dessa viagem
Aprendi a lição valiosa
Que os seres da natureza
Devem ter aproximação preciosa

Fogo-Fátuo

Com o belo esplendor da terra
Com o lindo limar pesaroso aéreo
E com a força maremotriz da água
Assim se concebeu o fogo-fátuo

O fogo reúne criacionistas
E também os evolucionistas
Para uns foi a humana revolução
Para outros, a revoltante destruição

Quem se atreve a iludir
Seu grande poder pétreo?
Pode ter elétrico páreo
Ou um incêndio bulir

O fogo pode aquecer corações
Ou pode ser a queimadura eterna
Com ele pode se fazer canções
Ou escortilhar morte funesta

Desde os homens das cavernas
Desde os pétreos tempos de Adão
O fogo governa as tabernas
E faz da humanidade instrução

Ocupação Escolar

Durante uma viagem para Brasília
Os políticos estive a criticar
Mas uma coisa me fez ficar irritado
E me fez levantar voz política

Foi a proposição da morte
Sim, a que minava a saúde
E dava a educação às moscas
Foi daquele momento em diante
Ao assistir o discurso da líder
Que o movimento engendrou

Abaixo a ditadura!
Era dada a ordem
Viva a democracia!
Era a voz de protesto

Tomamos a escola principal
Da cidade florida de Curitiba
Terra de policiais federais
E de jardins magistrais
Era eu e mais 30 estudantes
A revolucionar todo o Brasil
Era um parque de diversões
Com leituras instrutivas

Abaixo a ditadura!
Era dada a ordem
Viva a democracia!
Era a voz de protesto

Nesse dia soube que o espírito
Das mais tenras revoluções
Esteve a tomar o mais fundo
Da minha coluna espinhal
Cultivar por si próprio o milharal
Fazer realidade o sonho profundo
Essa era a nossa batalha
Esse era o nosso mote

Abaixo a ditadura!
Era dada a ordem
Viva a democracia!
Era a voz de protesto

Depois que tudo aquilo acabou
Vi meu próprio pai chorar
Mas não era por motivo orgulhoso
Então eu estive a perguntar
Por qual razão estás pesaroso?
Então ele disse que também lutou
Contra a ordem estabelecida na época
E que se eu continuasse naquela toada
Iria jogar minha trajetória às traças

Abaixo a ditadura!
Era dada a ordem?
Viva a democracia!
Era a voz de protesto?

Enfermeira do Coração

Na mais profunda depressão
Estava triste a chorar
Nada dava certo na minha senda
Meus pais me desprezavam
As pessoas me odiavam
Não tinha amigos
Muito menos namoradinha
Estava dando às carochinhas
Migalhas de pão dormido

Então comprei um fuzil
Do traficante mais perigoso
De todo o rincão do Brasil
Usaria essa arma para findar
Todo meu imberbe sofrer
Mas quando iria dar um tiro
Um tiro certeiro na cabeça
Uma força divina me deu bença
E comigo foi a caminhar
Pelo vale dos suicidas

Se foi o umbral ou então
O quinto dos infernos
Não soube discernir
Todos aqueles estavam de pulsão
A sofrer seu destino terrível
Estavam a ajuda pedir
Mas ninguém dava consolação
Então a força divina me fez revelar
Que estava às clavas de lá ficar
E que teria uma última chance de vida

Quando despertei dos longos meses
Do mais profundo e impropério coma
Uma moça meiga veio me ajudar
Era uma mulher jovem
Morena dos cabelos cacheados
Óculos com detalhes em marrom
Compadeceu-se da minha celeuma
Desde então tem sempre me ajudado

Com o tempo descobri que ela seria
A razão do meu mais tenro viver
Desde então tenho amado
Tudo que há na minha existência
Com ela irei à tristeza sobreviver
E me casar no altar da saliência

Circuito Elétrico

Durante uma feira de carros
Na famosa cidade alemã
Vi um carro que parecia
A mais pura semente romã

Não era um automóvel qualquer
Não tinha câmbio automático
Não ia de 0 a 100 no tempo que quiser
E nem custava um milhão de euros"

A coisa que me chamou a atenção
Foi quando descobri uma tomada
E que a ele estava uma condução
Fazendo o reabastecimento comunitário

Foi então que eu descobri
Que os veículos do tempo
Do tempo futuro haveriam de ser
Elétricos igual voar de colibri

Então o comprei
Por preço irrisório
E ele agora é meu
Sem uso ilusório

Olaria do Destino

Quando fui obter
Aquela cerâmica
Não imaginava ter
Tamanho sofrimento

Era aquela fingida
Que queimou flores
Que dei com carinho
Na campa fugidia

Ela nem sequer
Dirigiu o olhar
Dirigiu somente
O dedo indicador
A me ofender

Então saí a chorar
Ela rindo da situação
No paiol da ribeira
Não tive consolação

Aquela mulher ingrata
Já fez mal a muitos
Traiu quatro varões
No meio da densa mata

Eu irei superar
Toda a infâmia
Encontrarei o amor
Do sonho de infância

Então aquela olaria
Será o lugar da compra
Dos utensílios de casa
E da nossa terra rasa

Tapete Arábico

Na viagem que fiz
Às campas paulistas
Visitei um libanês
De codinome Abib

Ele me contou
Diversas tradições
De suas províncias
E a mim recordou

Havia uma lâmpada
Das mil e uma noites
Era o corte da foice
Da grande infelicidade

Havia também o Alcorão
Livro sagrado muçulmano
Três religiões monoteístas
Braço do dom humano

Havia também ampulheta
Tradição do relógio antigo
Nunca deixada de maneta
Mesmo nos dias furtivos

Havia também um tapete
Um tapete arábico
Ele era tapeceiro
Tinha da arte o macete

Voltei daquela viagem
Com um lindo objeto
Um tapete vermelho
Com uso no casório

Bolsa de Valores

Eu queria abrir
Uma empresa
Das capitalistas
No ramo do petróleo
Então tive a ideia
De colocá-la
Na bolsa de valores
Para ter dinheiro rentista

Ouvi então falar
De um processo
Chamado encilhamento
Estive a zombar
Dizendo que isso
Jamais ocorreria
Já que a falada crise
Era apenas marolinha

Decidi investir
Em papéis de valor
De valor nulificado
Para obter dinheiro
Fácil e de modo rápido
Entretanto, o resultado
Foi o oposto do esperado

Vi tanta gente falir
Nesse dia infame
Que quem ouviu
Tal famoso relato
Viu a audição retinir
De tão atrozes vozes
Inclusive eu quebrei
Esse é verídico fato

Não façam como eu
Se investirem em ações
Sejam espertos e cautelosos
Ou irão acabar nas monções

O Ferro e a Pena

Durante a viagem que fiz
Ao nosso satélite natural
Realizei de fazer uma prova
Que não teria ar artificial

A prova seria atirar de um mastro
Uma bola de ferro e uma pena
Do alto do pedestal da ravena
Devia dar por solto no tempo igual

Meu amigo Florêncio
Grande cantor das Gerais
Me afirmou em base empírica
Que o ferro cairia antes da pena
Então pedi a prova onírica
E me mostrou o livro da escola

Então o pedi para esperar um bocado
E ver de maneira científica o resultado
Daquela provação famosa da natureza
Ao dar o sinal do experimento feito

No final de tudo
Provou-se o óbvio
O ferro e a pena
Caíram de sobretudo
Na mesma escala síncope
Do avançar do tempo

Então Florêncio questionou
Como aquele fato seria possível
Então respondi que a gravidade
Pode ser a mãe de algumas nulidades
Sendo o ferro e a pena apenas
A mais básica delas

A Moça do Aparelho

Quando vi aquela moça
Com seu lindo sorriso branco
Com seu belo aparelho
Com seu portento rico
Estive a ter coração roliço
De tamanha completude

Era uma plêiade divina
Todas as 32 orquestras
Afinavam violinos tenores
E me deixavam bobo depressa
Me deixava apaixonado
Nada em relação a ti temia

Nem a mais realçada
Bala da mais pura menta
Realça a beleza de seus dentes
Deve de ter o gosto do beijo
Mais ardente que mexicana pimenta
Mais verdade que teste polígrafo

Querida moça do aparelho
Gostaria de ser seu dentista
Para provar todos os dias
E ser seu namorado rentista

Morena de Curvelo

Estou a escrever esta elegia
Para uma magnânima amiga
Ela é da cidade onde raia o dia
É da bela região de Curvelo

Quanta gente cortesã
Naquele conjunto rincão
Ela é uma grande artesã
Pinta muradas com perfeição

Ela esteve a escrever
Uma peça teatral
Tinha talento magistral
Para mostra internacional

Quem me dera se a mostra
Fosse parar no Grande Teatro
Da linda capital mineira
No alto pedaço do alabastro

Agradeço à grande amiga que tenho
Te desejo eterna felicidade
Eternos abraços apertados
E eternas histórias de amizade

Pensão Alimentícia

Quando doente a esperar
Quando estressado a assistir
A terrível separação
Dos meus amados pais
Sentei convulsivo a chorar
E estive aos prantos bulir

O que será da minha vida
Sem amor em minha casa?
Será uma vida de agruras
E uma existência indecisa
Será uma tormenta de guerras
Um típico pombo sem asas

Disse o juiz de uma corte
Ou não sei que definir
Que receberei de consorte
Uma tal de pensão alimentícia
Mas de que adianta o dinheiro
Se não há sorriso no rosto?

Agora a batalha deve ser
Para encontrar o sentido
Da minha inicial existência
Lutar para muito amor ter
De um belo enevoado cupido
Da aprazível complacência

Romântico Anônimo

Quando vi seu texto a bailar
Vontade imensa a te atrair
Decidi por unanimidade ser
Seu romântico anônimo

Mandar barras de chocolate
Em caráter secreto é relevante
Para a construção de um vínculo
Que terá excelente conluio

Irei te despachar também
Uma cartilha vermelha
Com música de harém
E deixá-la com rosto corado

Rosa ou margarida?
Violeta ou jasmim?
Um romântico anônimo
Em todas elas alarida

Quando você descobrir
O rosto de seu bem futuro
O ósculo na maçã do rosto
Será o fim do período escuro
Das nossas amadas vidas

História de Amor

Tomo I

No arraial da festa junina
De uma casinha da Vovó
Nesta instituição lhe vi
Mas era apenas uma menina

Você me cumprimentou
Com um aperto de mão
Que parecia uma aliança
Entre o amigo e o irmão

Quando te tirei para dançar
Naquela honrosa festa junina
Que emoção mais forte laçar
A mulher dos sonhos em meus braços

Você sempre me acalmava
Nas horas do vil estresse
Você sempre me amaciava
Nas brincadeiras infantis

Quando visitamos a televisão
O cinegrafista descobriu seu talento
Revolveu sua acurada visão
Com toda projeção onírica do homem

Ainda me lembro das clássicas brigas
Quando disputávamos bandas mexicanas
Eram brigas de apenas cinco segundos
Que logo eram resolvidas em poucos instantes

Você em mim despertou
A bela arte literária
Não me esqueço do fato

Que todas as capitais decorou

No final da fugidia infância
Comecei a descobrir o amor
E foi exatamente em tua pessoa
Que o jardim desabrochou em flor

Entretanto, o destino
Foi cruel conosco
Me levou para uma escola
E você para outro desatino

Quantas vezes chorei
De saudades de você
Sua linda imagem namorei
Durante as horas de amargura

Me lembro também dos seus pais
Excelentes agentes imobiliários
Tinham planos até de soerguer casa
Para nossos belos filhos hilários

Entretanto, de mim esqueceste
E de outros garotos lembraste
Me relegaste à condição de amigo
Enquanto a outros davas beijos

Então numa festa violeira
De um colega de sala
Você me deu primeiro fora
No arraial da pagodeira

Saí sem rumo a sofrer
Saí de miséria a penar
Outro rumo tinha de buscar
Para meu pobre peito

Tomo II

Então você se tornou
Novamente ser desconhecido
Até comprou um mundinho
Para parecer diferente de ninho

Na época que descobri
As famosas redes sociais
Não te reconheci de primeira
Me procurastes que nem colibri

Você logo provou ser uma pessoa
Ainda mais inteligente do que antes
E a sua convivência social de prenhe
Deixava a todos cativados alhures

Seu sorriso deixava meu dia feliz
Seus longos cabelos pretos, alegre
Cada abraço que você me dava
O amor voltava de modo tenaz

Graças a ti vida social tive
E novas amizades pude fazer
Suas falas sempre me cativavam
E a recíproca também era verdadeira

Na melhor turma da minha vida
Eras a escritora do jornal da escola
Dois textos lindos de sua caligrafia
Marcaram completamente minha geografia

Entretanto, aquele colega que *cosplay* usava
Veio até mim de gigante supetão
E sem dó nem piedade roubou sem suplício
A mulher dos meus sonhos no meu natalício

Sua companhia meiga ainda continuou
Uma constante na minha existência
Mas tudo que em meu coração sobrou
Foram mais e mais frangalhos

Como te queria te fazer realizada
Antes já tinha me dado fora
Agora pegou outro homem
Mas nunca desisti de tua cruzada

Entretanto, haja vista que precisava
Fazer o futuro da nação brasileira
Para o vestibular atirei de corpo e alma
E para a prova geral fui de copeira

Os ventos uivantes do destino
Desta vez me forçaram
A longe de ti entregar pesaroso
Que nem muralha derrubada

Mas tinha uma coisa que não sabia
E que me deixaria assaz completo
É que você também passou na prova
E comigo faria o destino perfeito

Tomo III

Quem diria que você tentaria imitar
Os rumos einstenianos da física
Já que sempre me dissestes
Que ou farias medicina ou cinema?

Quem diria que de novo não conseguia
Te notar no meio dos professores de cálculo?
A vontade de estudar de modo aplicado
Me impediu de te ver de caso pensado

Entretanto, uma menina amiga amável
Profetizou que tu voltarias mesmo
Na minha pomposa existência
E à jusante farias surpresa adorável

Então descobri outra parte
De sua variável personalidade
Que por motivos desconhecia
Era a cultura *nerd* da sociedade

Sempre citava sobre as estrelas
42 vezes seguidas a pensar
E logo sonhava de novo
Em fazer família nas luas do espaço

Quando chegou o dia da convenção
Dos jogadores de RPG online
Que estava disfarçada de aniversário
Uma ideia brilhante tive de tesão

Comprei um buquê de flores aleatório
No maior supermercado daquela região
Eram belas rosinhas de cor amarela
As cores da riqueza do fino relógio

Escrevi-te também uma bela carta de amor
Com as mais finas palavras do dicionário
Mas para meu mais terrível dissabor
Logo tiveram de te levar para o hospital

Passei noites inteiras orando por ti
Com medo de te perder pelos séculos
Em poucos dias logo te vi
Plenamente de saúde recuperada

Mas logo quando convalesceste

A mim cobrou pesado tributo
Logo novamente me desprezaste
Na curva da aula de integrais

Então cheguei à inglória conclusão
Que após o humilhante segundo fora
Era preciso afastar da ingratidão
Da mulher mais perfeita da vida

Foram cerca de dois meses
Que tal estado perdurou
Entrei num grupo de jovens
Para curar as mágoas internas

Naquele local encontrei muita alegria
Encontrei o caminho da divindade
Até tinha planos de me tornar padre
Até que um dia você voltou em minha vida

Tomo IV

Você foi a sétima ou a oitava
Da sequência de conversas
Na verdade, descobri que sumistes
Pois voltastes a épocas pregressas

Minha musa inspiradora
Trocou de melhor amiga
E também cacheou seus cabelos
Para afeiçoar sua indumentária

Descobri também que ela era dona
De uma grande floricultura no lugar
E também dona de uma oratória
Que logo em mim demarcou zona

Seu estilo de falar em público
Que até então não sabia que tinhas
Era um ensino de Bíblia
Que proselitava a mãe de Jesus Cristo

Entretanto, o que escapou da compreensão
É que pela primeira vez elogiavas algo em mim
Jamais esquecerei o dia que elogiastes meu sorriso
Sua sinceridade e lhaneza me deram desatenção

Parece que você passou a amar minha companhia
De um modo que me deixou radiante
Sempre sentavas ao meu lado na eucaristia
E dava abraços balanceados de sinceridade

Você adorava fazer leitura pública
Da minha coleção de livros sagrados
Você também ficou em meus braços
Quando eu mesmo li a ti a passagem

Entretanto, mais uma vez o destino
Tal qual justiceiro voraz
Nos separou de novo
E para meu desespero estou há tempos
Sem a tua voz e sem teus carinhos

Tomo V

No dia do congresso de engenharia química
Eu seria um dos palestrantes programados
Para dar instruções de matéria orgânica
Para milhares de especialistas do mundo inteiro

Quando abriu a seção de perguntas e respostas
Você foi a primeira a emitir própria opinião
Vi no seu olhar que formaríamos a comunhão

De uma vida inteira de almas gêmeas

Logo depois do afamado conluio científico
Vi que a química que de fato rolava era outra
Era o arrependimento das vezes que me desprezaste
Que batia em teu murcho e tristonho coração

Foi a beleza da conexão das janelas da alma
Que conectou ao perdão do estilo cristão
Passando a mão no seu tenro rosto
E tu ristes de felicidade quando do ato feito

Então te ouvi dizer pela primeira vez
A frase que marca a vida dos casais
Aquele "Eu te amo" recíproco fez
Nossa conjunção corpórea disparar

Quando finalmente pude encostar
Seus vermelhos lábios nos meus
Senti que a busca de muitos anos
Estava finalmente concluída

Hoje é o dia do nosso casamento
A graça está no processo como dito
Então leio este pequeno tratado
Enquanto desfilas de noiva no altar

A Melancolia

Oh melancolia
Como viestes?
Desprezo da mulher
Ou do devaneio rias?

Não há coisa mais triste
Que o desprezo cruel
Se ele for feito em público
A amargura soa tal qual fel

A melancolia é um fantasma
Que adverte sobre conduta errônea
Que faz corrigir aquele miasma
Que nós mesmos escortilhamos

Se existir a tal da luz no fim do túnel
Quero assim poder ter o raio de laser
Para que assim possa recolher volúvel
O grande canal da mais tenra felicidade

Se um dia a ingrata
Se voltar da perfídia
Seria ou não de grado
Dar a glória fugidia?

Este poema é uma homenagem aos membros mortos e sobreviventes do desastre aéreo da Associação Chapecoense de Futebol, ocorrido em 29 de novembro de 2016.

Chapecoense

Num belo dia antigo
Durante período militar
Dois times amadores
Se aliavam de arfar
Na região ocidental
Do Estado de Santa Catarina

Esse time teve relevância
Pouco ambivalente no início
Abaixo dos times da capital
E até de alguns do interior
Foi uma vida fugidia
Que marcou os vales do sal

No início do século presente
Dinheiro começou a faltar
Concordata esteve prenhe
A falência, triste realidade
Empresários unidos a recuperar
O maior patrimônio de uma vida

Aos poucos o time foi se recuperando
Os andares altos do estado galgando
Competições nacionais a engatinhar
E aos poucos as manhas descobrir

Nosso alçapão em formato de índios
Foi uma peça fundamental de serviência
As divisões nacionais fomos subindo
De degrau em degrau era a conveniência

Quando chegamos à divisão principal
Muitos apostavam no rebaixamento
Entretanto tal qual duro cimento
Fomos por lá permanecendo

Até que o Brasil era terra pequena
E os rumos da América do Sul
Estivemos a procurar de jusante
Naquele argentino possante
Fomos de duro modo eliminados
Mas de cabeça assaz erguida

Então começamos a tentar de novo
A Amazônia se subjugou aos feitos
Assim como os rincões da Argentina
E os balaústres caribenhos colombianos
Era chegada a hora de conquistar
A glória nos altos e belos morros

Entretanto o destino muitas vezes
É a mais cruel instituição empírica
Pode levar pessoas nos melhores
Momentos da história humana
Uma colisão aérea não idílica
E várias vidas tristemente ceifadas

O time que um dia foi comparado
A clubes corolários ingleses
Alcançou a glória maior que este
Foi campeão dos corações do mundo
E o mais consagrado escrete
Da liga do alto dos céus de anil

Epopeia Jespiana

Quando a princesa Gaia
Concebeu um menino
Tinha um superpoder
Era um dos deuses pinos

Esse garoto representa
O símbolo de sabedoria
Será o conciliador nato
De todos os deuses da nata

Sua jornada titânica iniciou
Na gravidez mitológica
Ele nunca teve pai biológico
O espírito de Rá o logrou

Ele cresceu em apenas um mês
Bebeu a geleia real da abelha
Que na verdade era de Atena
E assim foi irmão de Hércules

Com apenas cinco anos
O prefeito de uma pólis
Derrubou de cóccix
Com um único dedo

Com sete anos de vida
Foi o primeiro estagiário
De um tribunal de justiça
Dois mil anos antes da lida

Ele solucionou sozinho
A briga entre Maria e Ísis
Sem nenhuma das partes
Perder nada em consortes

Uniu também conforme lenda
Até mesmo Bakunin e Marx
Dois inimigos mortais
Que logo deixaram de contenda

A Guerra dos Cem Anos
É óbvio que foi ele
Quem deu as chaves
Da solução de deleite

Entretanto, até mesmo um Titã
Acha a vida de conciliador
Enfadonha demais a si
Então decidiu provar novo sabor

Ele decidiu então tutorar primeiro
O líder do positivismo global
Hans Kelsen jamais teria conjurado
Sem a anuência desse ser natural

Entretanto, um dia Kelsen quis tomar
Seu trono de rei do mundo jurídico
E ele o baniu para o submundo
O próprio Hades gostou de receber

No treinamento do Alexy
Ele viu bom potencial
Por causa de sua aprovação
Todos o estudam hoje em dia

Mas um certo Dworkin
Ficou com inveja do Alexy
Nosso herói tomou suas mentes
E os dois até filhos tiveram

Entretanto, este herói irá

Para uma nova jornada
Tentará ser dono incontestável
Do glorioso mundinho de Alice
E ser deus de dois mundos inteiros

Mulher Ingrata

Quando raiou o dia
Seu rostinho denunciou
Que a outro beijaste
Seu trejeito pronunciou

Ingratidão é o que tens
Certamente de pujança
É a triste herança
Do amor que se encerrou

Meus olhos estão rasos
Da água destilada do choro
Daqueles intensos amassos
Que a outro conferiste

Mas quando arrependeres
Será na hora tardia
Porque a outra farei feliz
Dos mais indeléveis prazeres

Triste Despedida

Na hora da despedida
Estive triste a chorar
A dolorosa partida
Daquela que quis bem

Que será de mim
A partir de hoje?
Foi anjo serafim
Que prenhiu a dor

O terrível dissabor
Do pranto sentido
É aquilo que sofro
Um martírio perturbador

Espero que haja alguém
Melhor que a que partiu
Que seja o complemento
Daquela que da vida saiu

Traição Intempestiva

Aquele texto
À tinta escrito
Revelou destarte
A tua traição

Nos braços de outro
Acalentastes carinho
Escolheste errada sanha
Ignóbil prazer do caminho

Por que fazes isso?
Logo que rejeitei
O convite do prazer
A outros braços fornecer

A carta de divórcio
Já está às portas
Já se ouve anúncio
Da querela litigiosa

Cadulo Floral

Amanheceu novo dia
No cadulo romântico
Era o sorriso rico
De uma linda donzela

É uma rosa em botão
Jasmim a desabrochar
Violeta a germinar
Lírio que dá campa

Vencendo bastante
Inclusive tristeza
Impôs assaz destarte
Tua inolvidável posse

Fui numa esperta cigana
Ela esteve a ver de cana
Um terno, grinalda e véu
E duas alianças de casório

Flor Misteriosa

Quando surgistes
Flor misteriosa
Carinhosa foste
Assaz desejosa

No belo aflorar
O beijo da face
Galhardia do amar
Ousadia de arte

As almas unidas
Em tom de paixão
Traçar das cordas

Abraço de amor
Doce de coração
Beijo de sabor

Fazendo a Viagem

Na calada do luar
No banhar do sereno
Vi o trem basilar
Fazer sua viagem

Na montaria cavalar
No topete do boi
Vi o carro bailar
Fazer sua viagem

No carro popular
No banco traseiro
Vi o cavalo balançar
Fazer sua viagem

Na janelinha do trem
No quarto privado
Vi a luz do luar
Fazer sua viagem

Companheira Abrupta

Quando raiou o dia
Estive a descobrir
Que um certo alguém
Era minha companhia

Ninguém pode saber
De onde ela veio
Nem para onde iria
Era mistério de prazer

Era uma bela morena
Ninguém soube o nome
Tinha um beijo doce
Que meu coração esquenta

Enviei um sinal de fumaça
Fiz até novena faceira
Para essa jovem fugidia
Para sempre ser companheira

Pranto Corrido

No triste pranto corrido
Na branca seara lunar
Sofri desprezo tolhido
De uma mulher fingida

Ingratidão é sentimento
Que faz os outros penar
É cicuta de filósofos
É suicídio ao relento

Quando perceber o erro
E tentar conseguir a mim
Poderá talvez ser tarde
Por ter amor sólido de ferro

Mas se estiver sozinho
Se tiveres coração contrito
Seremos um casal de sonho
Uma estrada de mão dupla

Curvas do Destino

Na curva do caminho
Percebi sua presença
A saudade foi moinho
Que a água não moveu

Sentir seu abraço
Com perfume francês
Faz meu coração palpitar
Não sei mais o que faço

Depois provei teu beijo
Daqueles lábios vermelhos
Era um doce de chocolate
Do fino pascoar dos coelhos

Querida namorada fiel
Sejas dona de meu coração
Do raiar de todos os dias
Da eternidade da canção

Alpendre do Choro

Na estribeira do alpendre
No retinir do violão
Estive pranteando a chorar
Por quem me fez penar

A ingratidão desvairada
Daquele ser da natureza
Desfez toda minha pessoa
Me deu uma surra de lavada

Na história do amor
Teu desprezo foi
O pior dissabor
Dos muitos que já
Me corroeram
E me carcomeram

Quando se arrependeres
Da errônea conduta adotada
Estarei de braços abertos
E com um beijo a acalentar
Suas lágrimas de dor
E sua tristeza de jusante

Triste Pesar

No triste lamento pesar
No canto doído da juriti
Vi meu bem se apartar
E me deixar sem consolação

Na jardineira da dor
Esse foi o trato
Nunca mais iria voltar
Buscar de outro o amor

Sempre a ti fui fiel
E acima de tudo carinhoso
Mas você foi muito ingrata
Tal qual madeireiro maltrata

Agora se iniciará a busca
Por um outro amor de vida
Mas se a ingrata voltar
Será o passado ou o futuro?

Ruiva Misteriosa

Num dia normalesco
Do ano olímpico
Estava a ver vídeos
Quando você apareceu

De início não te via
De maneira tão diária
Mas com o tempo pio
Aprendeste a se destacar

Quando vi teu misterioso
E indelével sorriso
Me apaixonei por ti
De maneira definitiva

Quantas piadas contastes
Nos períodos de estribeiras
Seu olhar de brilho constante
Me arrebita de toda face

Tu és excelente representante
Mas digníssima meiga donzela
Quero que representes também
Meu coração trotoso de gazela

Neste buquê de flores
De flores de Holambra
Quero começar a decifrar
Rouxinóis de Flandres

Daqui por diante
Quero sua companhia
Para o resto dos dias
Para a eternidade de Dante

Monotrilho

No ardil da madrugada
Tive uma ideia bizarra
E simultaneamente
Interessante algazarra

Era um monotrilho
Sim, um trem composto
Por um único trilho
E eletromagnetismo

Na hora de executar a ideia
Fui execrado pelos executivos
Até finalmente ser furtivo
Dentro de uma cela de prisão

Nesta minha carta de despedida
Percebi que nenhum sonho meu
Se converteu em realidade
E a busca deles foi em vão

Mulher Vencedora

Na vitória-régia
Da floresta amazônica
Vi uma imagem egrégia
De uma linda cabocla

Você tinha mais troféus
Que a seleção de futebol
Tinha mais prêmios Nobel
Que os cientistas americanos

Era assaz extrovertida
Tinha mais histórias
Que o Barnabé do Lobato
Que a motriz da partida

Quem diria que nas campas
Das tenras áreas ruralísticas
Saísse uma mulher tão meiga
Quanto às sereias marítimas?

Tinha também um sorriso
Que era assaz marcante
Que também mexeu comigo
De todas as maneiras possíveis

Você é daquelas que não têm medo
De fazer seu próprio egrégio futuro
"Deus ajuda a quem cedo madruga"
Diz o velho e correto popular ditado

Seu jeito meigo e carinhoso
Merece uma juntada épica
Se os semelhantes pareiam
Quero seu amor para sempre

Curiosidades

Seções de curiosidades podem até ser desencorajadas em alguns lugares bastante relevantes na rede mundial de computadores. Mas aqui neste livro ela deve ser devidamente encorajada. Então, sem mais delongas, vou contar algumas delas:

1) O livro "O Caso da União" foi concebido originalmente para ter 67 poemas, no qual "História de Amor", de caráter autobiográfico, seria o último, homenageando um total de 4 mulheres distintas (e não 5, como possa parecer). Duas delas foram colegas de sala no Ensino Médio, uma foi colega de física em Viçosa e a última foi integrante de um grupo de jovens católico de Viçosa que está hoje na Canção Nova.

2) "O Caso da União", poema que dá título ao livro, foi lido para uma colega de sala que eu gostava à época no dia dos namorados de 2015, na lanchonete da faculdade. Ele foi escolhido para leitura aleatoriamente minutos antes enquanto ouvia "Moreninha Bela", da dupla Leôncio & Leonel. Ela receberia um lote adicional de 11 poemas (os 11 seguintes a "O Caso da União") caso aceitasse namorar comigo naquela ocasião.

3) Depois desses 12 poemas originários, fiquei quase um ano sem escrever, só voltando em meados de 2016.

4) A musa inspiradora do último poema de "O Caso da União" (que não foi a mesma do primeiro, embora esta também seja da roça,) também será a primeira de "A Lopa do Amor" (que será o meu próximo lançamento literário).

5) Este livro foi fechado em 2017, foi tirado do papel em 2018 e só conseguiu o financiamento necessário para sua publicação em 2020;

6) Duas apoiadoras ganharam dois poemas no primeiro livro, por amizade e lealdade a mim (o que deixou algumas pessoas bem descontentes, veja abaixo).

7) A mulher que indiretamente inspirou a confecção da capa de cor vermelha deste livro foi a terceira menina que gostei da faculdade. Ela quase foi minha namorada no período, mas não ganhou poemas neste livro (e ficou uma verdadeira arara em função disso). Ela começou a relacionar-se com outra pessoa em 2019 e apesar de ela ainda namorar (até março de 2021), nunca havia obstado às piadinhas que eram feitas com relação à gente (com uma única exceção).

8) A maioria dos poemas foram escritos em duas fases. Eu costumava fazer um rascunho fora de casa e após ler o poema para quem ele foi escrito, eu costumava revisá-los e adicionar duas ou três estrofes a mais.

9) Muitos poemas do livro foram escritos nos meus períodos de folga no Juizado Especial de Sete Lagoas, lugar onde exerci serviços de estágio por três anos.

10) Um único poema de despedida foi escrito em homenagem a dois então funcionários do Juizado Especial simultaneamente.

11) Este escritor, apesar de ter escrito para bem mais de 30 ou 40 musas, só gostou efetivamente de 9 mulheres para namorar até hoje. O grosso desse número ou foram "musas de paixonites", ou só amigas mesmo. Duas delas já ganharam 3 poemas cada uma (contando o terceiro livro, ainda sem título em março de 2021).

12) A mulher que deu o meu primeiro beijo (uma grande cantora da região, inclusive) ganharia um poema em "O Caso da União". Entretanto, o arquivo original foi perdido.

13) O primeiro verso de "O Caso da União" virou uma expressão idiomática pessoal.

14) Daniela Lopes foi a primeira musa inspiradora a ser citada nominalmente (mas não foi a única.....).

15) O poema "Político Corrupto" foi escrito quando Eduardo Cunha foi preso;

16) "O Caso da União" tem um total de 13.661 palavras e 76.033 caracteres.

17) Este livro chegou a receber uma campanha de financiamento digital para sua publicação antes de ser aprovado pela lei Aldir Blanc. Tal engajamento acumulou no total R$620,00.

18) A capital da Estônia é Tallinn (OK, isso não deveria estar na seção de curiosidades, mas será um lugar relevante no futuro - e também em um próximo livro).

Epílogo

Essa pequena missiva serviu para elogiar diversos comportamentos do cândulo humano. Procurei fazer aqui os melhores carretéis do estilo, troveando nas rimas, marcando métricas na medida do possível, escolhendo as palavras mais agridoces...

Durante os cerca de dois anos de concepção do livro, muita coisa mudou em minha vida. Mas o apoio incondicionado ao projeto, não. Agradeço de todo coração, toda minha alma e todo meu ser àqueles que de bom grado depositaram o apoio a esta obra.

Longe de mim querer comparar-me a nomes como Carlos Drummond de Andrade, Vinícius de Moraes e Fernando Pessoa. Sou um grão pequeno de areia perto destes, e daqueles, da imensidão do espaço divino. Eles escreveram suas respectivas histórias e são ícones da literatura nacional por meritocracia. Se um dia chegar onde eles chegaram, a eles e outros darei o devido tributo.

Gostaria de encerrar este livro com uma citação bíblica singela, mas que representa o espírito de concepção desta obra:

Se o fiz bem, de maneira conveniente a uma composição escrita, era justamente isso que eu queria; se vulgarmente e de modo medíocre, é isso que me foi possível. De fato, como é nocivo beber somente vinho ou somente água, ao passo que o vinho misturado com a água é agradável e causa um prazer delicioso, assim é a arte de dispor a narrativa que encanta a inteligência de quem lê o livro. Aqui, porém, será o fim.

2Mac 15, 38-39.

#TUDOCOMEÇANALIVRARIA
#QUIXOTEDO2021
#DELIVRO

[1ª edição 2021]

Esta obra foi composta em Minion Pro e impressa
em papel Pólen Soft 80g. na Artes Gráficas Formato
para a Quixote+Do Editoras Associadas.

FSC
www.fsc.org
MISTO
Papel proveniente de
fontes responsáveis
FSC® C092828